A PÉTRARQUE

POÉSIES INÉDITES

DE CENT AUTEURS CONTEMPORAINS

Français, Italiens, Provençaux, etc.

RECUEILLIES A L'OCCASION DE SA FÊTE SÉCULAIRE

AIX-EN-PROVENCE

V⁺ REMONDET-AUBIN, LIBRAIRE-ÉDITEUR

1875

A PÉTRARQUE

—

VERS INÉDITS

RECUEILLIS A L'OCCASION DE SA FÊTE SÉCULAIRE

— 18 Juillet 1874 —

AIX-EN-PROVENCE

IMPRIMERIE ET LIBRAIRIE Vᵉ REMONDET-AUBIN

SUR LE COURS, 53

—

1875

Extrait du compte rendu officiel de la
Fête séculaire de Pétrarque.

—

Tiré à 118 exemplaires numérotés

Savoir :

6 in-4° (hors du commerce), sur papier chamois.
12 in-4° (dont 6 hors de commerce), sur papier de Hollande.
100 in-8° sur papier fort.

—

N°

Souscrit par M

à

AU LECTEUR

La plupart de ces vers avaient été adressés à l'Académie du Sonnet pour être lus, le 18 juillet 1874, à la séance solennelle tenue à Vaucluse en l'honneur du cemi-millénaire de Pétrarque. Les proportions grandioses et inattendues prises par cette réunion internationale, qui est devenue comme la fête des peuples latins, ont à peine permis d'en lire quelques-uns.

L'Académie du Sonnet et le Comité littéraire des fêtes vauclusiennes ont pensé que la publication de cette gerbe poétique serait tout ensemble un dédommagement pour le public et un durable hommage au grand poète.

Assurément on n'entendra pas sans quelque plaisir et sans une certaine émotion ce concert, où se confondent, dans un même hymne, tant de voix si diverses, et *dans lequel les chanteurs les plus glorieux ont voulu se mêler aux plus humbles.*

On remarquera combien cette fraternelle symphonie est complète : aux accords de la rime française, s'unissent non-seulement le provençal et le breton, mais encore les accents qui nous arrivent de l'Italie, de l'Espagne, de l'Autriche elle-même, et jusqu'à cette muse latine qui valut à l'auteur de l'Africa le laurier capitolin.

Une même note jaillit de toutes ces voix, un même élan de tous ces cœurs : c'est une note élevée, un élan vers l'idéal dont Pétrarque fut la vivante incarnation. On a salué déjà comme un heureux signe des temps, ce réveil soudain de la grande tradition spiritualiste qui fit, durant tant de siècles, la force des races latines et l'honneur de nos lettres. Ce spectacle plein de promesses n'est pas, nous semble-t-il, une des moindres consolations de nos angoisses nationales.

A PÉTRARQUE

LAURE

Cinq siècles ont redit les strophes immortelles,
Harmonieux écho de ton nom adoré ;
Noble dame au cœur pur, ton image est de celles
Dont le temps rajeunit le charme révéré.

Quel triomphe à ton sort peut être comparé ?
D'âge en âge pour toi cueillant des fleurs nouvelles
De la Muse et de l'Art les disciples fidèles
A tes pieds ont suivi ton poète enivré !

Ce qui fait le bonheur de la femme : être aimée !
A laissé sur ton front la guirlande embaumée
Où notre France ajoute une fleur à son tour.

Dieu voulut te donner plus qu'un bandeau de reine
Alors qu'il réunit sur ta tête sereine
Ces rayons : — la beauté, le génie et l'amour.

Emilie d'Aguilhon.

LUI!

—

Excelsior!

La jeunesse, un instant, au milieu de la fête,
Lui versa du plaisir l'ardente insanité...
Puis, rejetant sa coupe, il détourna la tête...
Il savait, du festin, l'amère inanité....

La gloire, en plein soleil, l'emporta jusqu'au faîte
Parmi les fiers géants, rois de l'humanité :
Mais, du frêle tissu dont la victoire est faite,
Palpant la trame, il dit : « Vanité.... Vanité !.. »

Cependant, il connut le breuvage sans lie,
Le nœud que nulle main ne tranche ou ne délie,
Le culte heureux qui sauve et grandit son féal !...

C'est qu'il dressa l'idole au-dessus de la fange ;
C'est qu'il ne ternit pas l'aile pure de l'ange :
C'est qu'il eut pour devise, en aimant : « l'Idéal ! »

Mélanie Bourotte.

SONNET A PÉTRARQUE

—

Le sonore rocher et son antre écumant
Le flot neigeux qui court, la brise qui soupire,
Troubadour au cœur pur, au suprême sourire,
Moins que toi font rêver le poète et l'amant.

Cinq siècles ont chanté ton grand génie aimant,
Et le beau chérubin qui dans l'amour se mire

En s'inclinant des cieux pour te prêter sa lyre,
Voulut parer ton front d'un saint rayonnement.

Sur les bords de Vaucluse où ton nom nous captive,
Doux cygne d'Arezo, les parfums de la rive
Nous parlent de ta Laure avec fidélité.

Réunis tous les deux sous la même auréole,
Votre image séduit comme un chaste symbole
D'amour, de poésie et d'immortalité.

Mme M..., d'Avignon.

Avignon, le 30 juin 1874.

L'IDÉAL

A Pétrarque.

L'Idéal, tu l'as vu, tu l'as touché des mains
Et tu sais qu'il existe et qu'il vit sur les cimes.
Tu planes à côté de lui, loin des humains,
Au-dessus de la terre, au-delà des abîmes.

Tu sais que, hors de lui, tous les trésors sont vains ;
Que, sans lui, ni beautés, ni vertus magnanimes,
Ni fortunes d'hier n'auraient leurs lendemains.
L'Idéal est ton Dieu ; tu lui chantes des hymnes.

Mais psalmiste, poète et barde, tour à tour,
Tu ne lui dis jamais qu'un mot, le mot amour !
Tu ne lui dis jamais qu'un nom, un nom de femme !

Et Laure, qui t'entend du ciel, s'unit à toi :
Et vous chantez tous deux ensemble, Amour et Foi :
Idéale union d'un poète et d'une âme !

Brest. Mme Al. Penquer.

LA ROSE DE PÉTRARQUE

—

Sur le tombeau de Laure on admire une fleur,
Une fleur qui sourit à toute femme aimante,
Une rose embaumée, un doux trésor d'amante ;
Pétrarque lui donna sa suave couleur.

Ainsi qu'aux jours lointains d'adorable bonheur,
Elle brille, la fleur immortelle et charmante,
Mieux encor qu'un éclair de regard sous la mante,
Et nous reconnaissons sa divine senteur. —

Dis-moi, chantre inspiré de France et d'Italie,
Quel est le nom royal de la rose jolie
Effaçant les rayons qui décorent le jour?

Car la gloire n'est rien auprès de cette rose,
Sous tes grands yeux d'amant on la voyait éclose :
— Fauvette, tu sais bien que c'est la fleur d'amour!

Adèle SOUCHIER.

29 octobre 1874.

LAURE

—

La superbe devise : aimer, souffrir et croire.
Aujourd'hui la vertu semble un effort grossier.
La machine suffit. Moins soldat qu'armurier,
Un petit ingénieur régente la victoire.

On cherche, on analyse et l'on refait l'histoire.
Toute noblesse irrite un âge rôturier.

Jeanne d'Arc était folle, et ce fut le laurier
Que célébra Pétrarque en rhéteur de la gloire (1).

Quoi, Laure aux blonds cheveux qu'il dépeint, que je vois,
Ne serait qu'un emblême et sans corps et sans âme ?
Mensonge ! il prie, il pleure, amour est dans sa voix.

Vous vantez la raison que ce siècle proclame.
Le cœur subit aussi de rigoureuses lois.
Je crois en la souffrance, ô savants, je suis femme !

Mme Taché-Serizay.

Mont-D   Grand-Hôtel, 1874.

APPARITION DE LAURE A PÉTRARQUE

6 avril 1327.

—

. . . .

C'était aux premiers jours de la fleur printanière,
A l'heure où du matin la divine courrière
Luit encore au sommet de la voûte des cieux,
Avignon se rendait gravement aux saints lieux
Pour baiser les pieds morts du rédempteur du monde.
Un jeune clerc, déjà de science profonde,
Allait aussi, pensif, accomplir son devoir.
L'église d'un couvent, celui de Sainte-Claire,
Se trouvant sur ses pas, il entre, et vers la pierre
Où tremble l'eau bénite il dirige sa main.
A peine est-elle au bord qu'une dame, soudain,

(1) Certains commentateurs ont prétendu que Laure, *Laura*, était la personnification de la gloire, comme le laurier, *lauro*, en est le symbole.

Y présente la sienne, et dérangeant son voile
Découvre deux yeux bleus plus brillants qu'une étoile.
Le rêveur ébloui crut voir à son côté
Un esprit pur du ciel, un ange de clarté.
Jamais femme n'avait montré beauté pareille ;
Si bien qu'au prompt départ de la jeune merveille,
Immobile, longtemps il la suivit des yeux,
Oubliant tout, le monde et l'heure et les saints lieux...

. . . .

Auguste Barbier,
de l'Académie Française.

PÉTRARQUE

Sa tête retomba sur ses livres ouverts ;
Il était mort. L'étude avait usé la lame.
Il était altéré du céleste dictame :
Dieu le prit, couronné de lauriers toujours verts.

La fontaine amoureuse où fut son univers,
Il voulut la revoir : en s'envolant, son âme
Y passa pour y faire un sonnet à sa Dame ;
Un sonnet, un poème, un miracle de vers !

Et, quand au Paradis, il eut retrouvé Laure,
Dieu lui dit : « Ton amour fut beau comme l'aurore,
« La pâle volupté ne l'obscurcit jamais :

« Devant ta passion ma justice est muette,
« Et puisqu'elle n'eut rien de la terre, ô poète !
« Aime Laure aujourd'hui, comme hier tu l'aimais. »

Arsène Houssaye.
Président d'honneur de l'Académie des Poètes.

LE DERNIER SONNET DE PÉTRARQUE

—

La Sorgue a fait silence ! Une rime sonore
A raisonné huit fois sur la cithare d'or.
Est-ce le chant du cygne au lever de l'aurore,
Ou son dernier soupir quand approche la mort ?

C'est un cœur qui se brise et que l'amour dévore,
Toute une vie usée en un stérile effort.
Chaste et fière Beauté, le malheureux t'implore ;
Écoute ces quatrains ; il va chanter encor...

Mais on n'entend plus rien. En son humble prière
Le Poète a versé son âme tout entière,
Et la coupe n'a plus une goutte de miel.

Déjà les deux tercets, d'un vigoureux coup d'aile,
Emportent le sonnet vers la voûte éternelle,
Doux écho de la terre entendu dans le ciel.

Norbert Bonafous,
Président du Jury français de la fête séculaire.

A AVIGNON

—

A M. de Berluc-Perussis.

—

Toi que la foule acclame et la gloire environne,
Tressailles dans ta cendre, ô Pétrarque, en ces jours ;
Et toi, noble Avignon, porte haut la couronne
Que son génie a mise à ton front pour toujours.

O Vaucluse, salut ! Un peuple entier frissonne
En pensant à Pétrarque, à Laure ses amours,

A leur cher souvenir notre âme s'abandonne,
Souvenir dont le temps n'interrompt pas le cours.

Honneur à toi, cité, qui pour ce centenaire,
Déployant un éclat dont tu peux être fière,
Offres royalement ton hospitalité.

Honneur à vous, Messieurs, à qui revient la gloire
De célébrer ainsi Pétrarque et sa mémoire ;
Vos noms seront transmis à la postérité.

Camille ALLARY.

18 juillet.

SONNET

(Pièce couronnée au concours séculaire).

—

Nous qui brûlons l'encens sur un impur autel,
Nous ne comprenons point ces amants platoniques,
Et nous laissons tomber nos rires ironiques
Sur tous ces sectateurs de l'amour éternel.

Nos terribles désirs aspirent au réel.
Nous préférons au cœur des amantes pudiques,
Les femmes de la Grèce et les nymphes antiques,
Et la Fornarina qui tua Raphaël.

Nous nions les amours de Tasse et Léonore,
De Dante et Béatrix, de Pétrarque et de Laure,
Ces pâles visions où rien n'est volupté.

Ce n'est pas la beauté que notre siècle adore,
Et nous ne savons plus lire le nom que dore
Le poète inspiré dans l'immortalité.

Charles ARRIBAT.

LAURE

—

A Pétrarque

—

La terre, en écoutant ton céleste cantique,
Pleure encore avec toi l'ange que tu perdis.....
Et cet hymne plaintif de ton luth séraphique
Lui semble un doux sanglot venu du paradis.

C'est le chant de l'amour, pur, éternel, mystique,
Des élus, dans la joie à tout jamais ravis,
Et le soupir ardent de la foi catholique
Qui l'entend.... et gémit, loin des divins parvis.

Laure, c'est la beauté que Dieu rend immortelle ;
Toute âme pour l'aimer doit être digne d'elle.
Seule, ici-bas, la foi peut chanter Laure et Dieu....

Et seule, dans le sein des angéliques flammes,
Les aimer à jamais du saint amour des âmes,
Vaste comme le ciel, sans larmes... sans adieu...

S. D'AUDEVILLE.

PÉTRARQUE ET LAURE, VAUCLUSE ET DIEU

—

Il n'est plus, le poète à la lyre puissante,
Sur sa tombe déjà cinq siècles ont passé :
Celle dont il chantait la beauté ravissante
N'est qu'un débris sans nom, immobile et glacé.

Mais rien n'a pu tarir la source bondissante,
De son immense cri le ton n'a pas baissé ;

L'écho répond toujours à l'onde mugissante,
L'oiseau mêle sa voix aux bruits qui l'ont bercé.

Avalanche de fleurs, cascades radieuses,
Nids des rocs et des bois, brises mélodieuses,
Tout chante, jour et nuit, de l'abime aux sommets.

Exhalez-vous sans fin, hymnes de la nature,
Vers le berceau vivant de toute créature,
Le Dieu qui fait tout vivre, et qui ne meurt jamais !

Charles BARET, O. M. J.,
Aumônier de N.-D.-de-la-Garde, à Marseille.

A PÉTRARQUE

—

Miser chi speme in cosa mortal pone !

Pourquoi vont-ils troublant le repos de ta cendre,
Les pâles courtisans de ce siècle sans foi ?
A ta succession oseraient-ils prétendre ?
Est-il rien de commun, Pétrarque, entre eux et toi ?

Des plus purs sentiments, de l'amour le plus tendre
Tu chantas les douceurs ou tu subis la loi.
Ils chantent les plaisirs sur une harpe à vendre,
Ils sont faux : leur louange est de mauvais aloi.

Ils ricanent du ciel où tu plaças ta Laure ;
L'âme à leur voix s'éteint, le cœur se décolore ;
Leurs chants sont des traités, leur plume est un compas.

Dors toujours, dors muet dans la tombe, ô poète !
Avec un froid sourire ils tourneraient la tête,
Si tu chantais encore, et n'écouteraient pas !

Alphonse BAUDOUIN.

PÉTRARQUE ET L'OMBRE DE LAURE
SONNET EN DIALOGUE

—

— Pétrarque ! pourquoi donc te courber sur ton livre ;
Pourquoi veiller si tard sous la lampe qui luit ?
— Pour apprendre !... Mais, toi, qui me parles la nuit,
Quel fut ton nom, avant d'avoir cessé de vivre ?

— Je suis le pur esprit de celle qui t'enivre.
— O Laure ! dont l'amour de là-haut me conduit,
Dis-moi si le savoir dont j'amasse le fruit
Rendra mon nom fameux aux siècles qui vont suivre.

— Pétrarque, dans cent ans les enfants en sauront
Plus que toi ; tes écrits savants disparaîtront.
— Je serai donc vaincu par le temps qui dévore ?

— Non ! L'Amour dont tes vers ont parfumé l'autel
A consacré les noms de Pétrarque et de Laure :
En m'immortalisant tu t'es fait immortel.

Prosper BLANCHEMAIN.

PÉTRARQUE

—

L'ange de la beauté, quand il le touche, éclaire
Le diamant que Dieu dans la pierre a formé ;
Aussi dès qu'apparut Laure, sa messagère,
Germa le grand poète en nos brumes semé.

Puis, un jour, quand elle eut rejeté sur la terre,
Ce corps, voile charmant qu'il avait tant aimé,

Ayant suivi le vol de son aile légère,
Des célestes parfums, il revint embaumé.

Et, grâce à cet amour, scintille le Génie ;
Et, par elle martyr, le poète s'écrie :
« Qu'importe ? Heureux les yeux qui l'ont vue ici-bas ! »

C'est qu'elle fut sa Muse. Et cette Muse est telle
Que, pour parler de lui, je vous ai parlé d'elle,
Et si Pétrarque entend, il ne m'en voudra pas.

Charles Boy.

VAUCLUSE

—

Vallon toujours sacré, vers ta grandeur sauvage
Pétrarque est revenu, souriant à nos vœux,
Car il sait que les fils ont gardé, d'âge en âge,
Le culte qu'à sa gloire ont voué les aieux !

Saluons l'exilé qui parcourt ce rivage :
Il rêve à l'Italie et va silencieux,....
Quand soudain, pour l'amour, il trouve ce langage
Que les anges, au ciel, doivent parler entre eux ! !

Vaucluse, maintenant, qu'il monte au Capitole !
Du sage, du savant, qu'il porte l'auréole...
Tu rempliras toujours son grand cœur abattu !

C'est que là, vécut Laure, et quand l'histoire assemble
Ces noms doux et charmants, célébrons-les ensemble ;
Pétrarque est le Génie et Laure est la Vertu ! ! !

Baron de Cholet-Beaulieu.

29 mai 1874.

A PÉTRARQUE

—

I benedico il luogo, el tempo, e l'hora
Che si alto miraron gli occhi mei.
(Petrarca.)

Oui, tu pouvais bénir, heureux chantre de Laure,
Et l'année et le jour, et l'heure et le moment
Où près des flots émus de la Sorgue sonore
La naïade surprit votre double serment.

Ton printemps fleurissait, et la naissante aurore
Des plus vives couleurs teignait son front charmant,
Mais quand je rencontrai la Dame que j'adore
Le soleil de mes jours inclinait au couchant.

Ta blonde aux cheveux d'or sans doute était bien belle,
Mais bien belle est aussi la brune que je sers
D'un amour si craintif et d'un cœur si fidèle.

Si j'avais eu pourtant un seul sourire d'elle,
J'aurais couvert son front de myrthes toujours verts
Et mes sonnets aussi l'eussent faite immortelle.

Comte X. DE LA CANORGUE.

SONNET

—

Pétrarque et Laure, ô noms à jamais illustrés
Par l'exquise beauté, par l'éclat du génie,
De ce jour solennel mémorable harmonie,
De Vaucluse charmez les échos vénérés !

Qu'ils redisent : Honneur à ces chants inspirés,
Où l'ardeur la plus pure à la grâce est unie ;

9

A ces hymnes si pleins de tendresse infinie
Dont ils ont répété les accents éplorés !

Ne fût-il pas l'objet d'un triomphe suprême,
Celui qui d'un laurier, beau comme un diadème,
Dans la cité des arts vit couronner son front ?

Par les siècles formée, au divin chantre est faite
Une couronne aussi que deux peuples, en fête,
Sur ces bords sont tout fiers d'enrichir d'un fleuron.

Félix Dortée, de Vire (Calvados).

A PÉTRARQUE

—

> Ne ris point des sonnets, ô critique moqueur !
> C'est sur ce luth heureux que Pétrarque soupire.
> (Sainte-Beuve.)

Cinq siècles auraient-ils terni ta renommée,
O poète du cœur, grand maître du sonnet !
Non !... dans tout l'univers quel homme ne connaît
Les doux rhythmes où vit ta Laure bien-aimée !

Son âme à ton ardeur resta toujours fermée ;
Au foyer du devoir sa vertu l'enchaînait.
Devant ce front superbe et chaste se tenait
Calme la passion en ton sein comprimée.

Mais tes brûlants soupirs s'exhalaient dans ces chants
Où tu la célébras encore en vers touchants,
Quand la Mort eut plané sur sa tête si belle.

Pourquoi donc, ô Pétrarque, aurais-tu regretté
De n'avoir pu fléchir cette amante rebelle ?...
Tu dois à ses rigueurs ton immortalité !

Henri Dottin.

DIALOGUE

ENTRE PÉTRARQUE ET SES YEUX

—

PÉTRARQUE

Jumeaux, miroirs de l'âme, ô mes yeux, quelle audace
Vous fit tant admirer une blonde beauté
Dont les regards d'azur ont fait fondre la glace
Qui protégeait mon cœur contre la volupté ?

LES YEUX

Il vous sied bien, vraiment, de nous parler en face
Sur ce ton de reproche, amant très maltraité ?
Que ne vous fermiez-vous, quand passa sur la place
La femme aux cheveux d'or, l'ange de chasteté ?

PÉTRARQUE

Jusqu'alors, de mes sens, j'avais été le maître :
Je riais de l'Amour que j'ai su trop connaître !
Ah ! mes deux yeux, pourquoi n'aviez-vous son bandeau ?

LES YEUX

N'en veuillez qu'à lui seul... cet enfant est un traître ;
Il feint de n'y point voir, pour plus tard se repaître
Des pleurs que nous versons, souvent, sur un tombeau !

Ant. ELWART.

Paris, le 7 mai 1874.

SONNET

A LA LOUANGE DE PÉTRARQUE

—

Amor memor.

Heureux le bon Pétrarque ! il sentit longuement
Les tristes voluptés d'un amoureux martyre :
Bien souvent il pleura l'absence d'un sourire
Et l'exil d'un regard au doux rayonnement.

Mais il sut dans ses vers sculpter un monument
Où l'idole au grand cœur a gardé son empire,
Et, sur le blanc fronton, les siècles viendront lire
Le nom de l'adorée et celui de l'amant.

Heureux Pétrarque ! et moi, moi je songe et j'envie
Ce don mystérieux d'éterniser la vie
De sa Dame et d'aimer jusque dans l'avenir ;

Et je voudrais parfois qu'il reparût encore,
Pour consacrer au temps le jeune souvenir
De Celle qui m'est chère et sainte ainsi que Laure.

Emmanuel des ESSARTS,
Professeur à la Faculté des lettres de Clermont.

A PÉTRARQUE

—

Cinq siècles ! Et tes vers semblent n'avoir qu'un jour :
Tout y vibre aussi jeune, aussi frais, aussi tendre,
Que lorsque ton idiome aimait à faire entendre
A ta Laure les chants émus d'un chaste amour.

O grand maître des cœurs épris, à notre tour
Nous venons saluer ta gloire. Sans attendre
De nous tout ce que vaut ton nom, laisse-nous tendre,
En disciples zélés, à fêter ce retour.

Amant mélodieux, tu tiens l'âme et l'oreille
Sous le charme, et toujours s'accroît cette merveille :
A tes sonnets si doux l'univers applaudit.

Peu savent que ton front possédait la science ;
De tes travaux profonds l'on n'a pas conscience..,
Le poëte, en ton œuvre, a vaincu l'érudit !

18 juillet 1874.   F. FERTIAULT.

LA FRANCE A VAUCLUSE

—

O retour sanglant du destin moqueur !
Elle était hier grande, fière et belle ;
Les géants tremblaient, pâles, devant elle...
De féroces mains l'ont frappée au cœur !

Elle a tout perdu, fors l'antique honneur,
Et son flanc martyr à grands flots ruisselle ;
Pour le déchirer, plus d'un fils rebelle
Joignit son poignard au sabre vainqueur.

Oh ! viens parmi nous, viens, mère blessée,
Ouvrir ta poitrine ardente, oppressée,
Au souffle qui règne en ce pur séjour ;

Et la douce voix de l'onde sereine
Dont chaque murmure est un mot d'Amour,
Guérira ton cœur, percé par la Haine.

A. DE GAGNAUD.

Vaucluse, 18 juillet 1874.

L'AMOUR PUR

—

Si de son chaste cœur abaissant la fierté,
Laure sur son amant eût gardé moins d'empire,
Pétrarque eut-il chanté son glorieux martyre
Et mis le nimbe d'or au front de la beauté ?

La muse de l'amour, à la postérité
N'eut pas transmis leurs noms consacrés par sa lyre.
Des vulgaires amants ce n'est pas le délire
Qui les porte tous deux à l'immortalité.

Il brûle comme l'homme ; *elle* aime comme l'ange.
En eux sont réunis, ineffable mélange,
Les tendresses du ciel et l'amour d'ici-bas.

O chantre harmonieux, ô femme pure et belle !
L'un sans l'autre, pour nous vous n'existeriez pas :
Ensemble, vous planez dans la sphère éternelle.

A LAURE

Comme un roc près duquel le flot vient se briser,
Sur ton poëte aimé tu maintiens la victoire ;
Il soupire à tes pieds, tu lui donnes la gloire
Qui le fait assez grand pour t'immortaliser.

Octobre 1874.   H. DE LA GARDE.

AMOUR ET FOI.

—

Dante, créant la langue mère
Des climats « où sonne le *si,* »
Improvise, à la fois, grammaire,
Syntaxe, prosodie aussi.

Du crépuscule d'Evhémère
Déchirant le voile épaissi,
Sur ses pas, le mythe d'Homère
Par l'Evangile est éclairci.

Des temps nouveaux il fut l'apôtre :
Le monde en attendait un autre....
A lui le Dogme, à toi l'Amour ;

A toi, moderne Prométhée,
Pétrarque, la flamme empruntée
Au foyer du divin séjour !

Georges GARNIER.

A PÉTRARQUE.

—

Dans Avignon la sainte, à la naissante aurore,
Nous allions — du poëte ah ! tout est plein ici !
Cherchant la vieille église où Pétrarque vit Laure,
Devant un humble porche, on nous dit : la voici !

Un vestibule long et sombre que décore
Un Orcagna fameux, et, par le temps noirci,
Nous conduit dans la nef pleine de nuit encore :
Oh ! comme notre cœur doucement fut saisi !

A peine commençait la messe matinale,
Les premières lueurs de l'aube froide et pâle
Blanchissaient les vitraux, comme dans ce saint jour

Où tu vins, ô poëte, et que ton pas sonore
Provoquait ce regard ineffable de Laure,
D'où naquit ton céleste et séraphique amour.

Jules GAUSSINEL.

PÉTRARQUE

—

Le grand cycle des troubadours
Venait à peine de se clore,
Et le monde voyait éclore
Un nouveau chantre des amours ;

Car le cœur chantera toujours !
Le poëte enivré de Laure

Monte au zénith dès son aurore,
Astre éblouissant dans son cours.

Pétrarque d'une langue est père.
Sa voix soupire, prie, espère,
Charme dans un rythme enchanté.

Sa passion, ardente et chaste,
Comme la terre et le ciel vaste,
Sut embrasser l'éternité !

J.-B. GAUT.

AU CYGNE D'AREZZO

—

Divin chanteur d'Italie,
Père du sonnet français,
Vaucluse reste ennoblie
Par tes amoureux essais.

Immortelle est ta folie,
Et des bords où tu passais
Nulle source encor n'oublie
Les doux pleurs que tu versais.

Ton cœur, d'aimante mémoire,
De ta poétique gloire
Fut le premier ouvrier ;

Double et féconde harmonie !
De l'amour vint ton génie,
Et de Laure ton laurier !

Jules de GÈRES.

Mony, 5 janvier 1875.

LE SOIR DU Vme CENTENAIRE

—

A Laure — à Pétrarque.

Le soir — j'allai revoir l'immortelle fontaine
Où l'amour vous retient, doux fantômes charmants ;
Car, des cieux en nos cœurs, dans cette ombre incertaine,
Descend l'ange pieux des attendrissements.

Le ciel forme une coupe autour des flots dormants.
O Pétrarque, l'amour ardent qui nous entraîne,
O Laure, le devoir qui s'éloigne sans haine,
Tous deux chastes martyrs des amoureux tourments,

Hélas! Dieu sépara vos lèvres et vos tombes !
Mais, comme un couple saint de fidèles colombes,
Il vous a réunis où nous vous reverrons.

Je pleurais — et, jetant à la source mes palmes,
J'aperçus, dans les cieux, au fond de ses eaux calmes,
Les deux étoiles d'or que Dieu mit à vos fronts.

Aimé GIRON.

POUR LE BUSTE DE PÉTRARQUE

A VAUCLUSE

—

De ce puissant génie aux élans généreux,
Dont l'Europe admira la force et la sagesse,
Est né, page par page, aux heures de tendresse
Un recueil délicat de sonnets amoureux ;

De ces rocs élevés qui, sous un ciel heureux,
Dressent leur fier sommet que la brise caresse,

Naît un ruisseau rapide : il bondit, court et presse
Contre des bords fleuris ses flots aventureux.

Quelques sonnets, un pur ruisseau, c'est peu de chose!
Mais que le doux regard de Laure s'y repose,
Que l'amour y rayonne et s'y plaise à bercer

Une chaste douleur aux doux chants de la muse, —
Et le monde n'a rien qui puisse surpasser
Tes sonnets, ô Pétrarque, — et ta source, ô Vauclusè!

A. GLAIZE.

A MISTRAL

—

Hier, lorsque dans les murs de la cité papale,
Français, Italiens, Catalans, Provençaux,
Pétrarque ! nous suivions ta marche triomphale,
En nous sentant unis par des liens nouveaux,

Quand Avignon debout, brisant la loi fatale,
Qui ferme sur les morts la porte des tombeaux,
Ivre, de ton retour, jetait sur ton front mâle
Les magiques lueurs de milliers de flambeaux.

Nous avons tous cru voir — fantastique merveille ! —
A ta Laure adorée, Estérelle et Mireille,
Montrer en souriant l'Homère provençal,

Car tu n'étais pas seul à régner sur les âmes,
Et vos transports—ô cœurs!—et vos rayons,—ô flammes!
A côté de Pétrarque allaient chercher Mistral !

Paul GLAIZE.

Avignon, 19 juillet 1874.

TRILOGIE

—

De l'éternelle vérité,
Penseur, tu fais jaillir la flamme
Et viens illuminer ton âme
Aux pieds de la Divinité.

Amant, il te faut la beauté,
Le cœur, les soupirs d'une femme :
Tu chantes Laure, et l'on acclame
Ta souffrance et sa chasteté.

De ton pays tu veux la gloire,
Tu lui rappelles la mémoire
De ses plus grands hommes de bien ;

Ainsi ton nom personnifie
— Croyant, poète et citoyen, —
La foi, l'amour pur, la patrie !

G. Hipp.

Vaucluse, 18 juillet 1874.

—

A PÉTRARQUE

—

Grazie ch'a pochi'l ciel largo destina...
(Pétrarque.)

L'Italie au ciel pur fut ton joyeux berceau,
La cité d'Avignon, ta patrie adoptive ;
Ange encor, l'une vit ton sourire si beau ;
L'autre, tu la charmas de ta note plaintive.

De Laure bien longtemps, au murmure de l'eau,
Tu mêlas le doux nom, et l'onde fugitive,

Emportant les soupirs de ton âme captive,
Les redisait aux fleurs, aux grillons, à l'écho.

Amant infortuné! La beauté qu'à Vaucluse,
En vers harmonieux loua ta tendre Muse,
Chaste, à tes feux jamais ne voulut consentir.

Mais si tu ne pus pas gagner cette victoire,
Tu cueilles en ce jour une plus noble gloire.
Notre encens, ô génie! et nos fleurs, ô martyr!

A. JAUSSAUD.

21 mai 1874.

LES LIVRES DE PÉTRARQUE

—

Pétrarque étudiait — au sein de Montpellier —
Le droit ? — Son digne père avait cette assurance.
Un beau jour il s'en vient visiter « l'escholier, »
Et le trouve absorbé dans Homère et Térence.

Les poètes formaient seuls tout son mobilier.
— « Quoi! tu trompais, dit-il, ma naïve espérance!...»
Et livres précieux volent dans le foyer,
Malgré les pleurs du fils et sa vive souffrance.

Pour un cœur d'érudit auto-da-fé cruel !
Il peut sauver pourtant du courroux paternel
Deux auteurs préférés : Cicéron et Virgile.

Pétrarque en imprégna sa veine si fertile ;
Il réfléta de l'un le rhythme et la douceur ;
De l'autre l'harmonie et la grâce, sa sœur.

Narzale JOBERT.

ARQUA

—

O monts Euganéens ! ô doux pèlerinage !
Par la pensée, au moins, je veux le faire encor...
J'allais seul et songeur ; sous l'azur sans nuage
Le vent frais du matin berçait les moissons d'or.

Comme mon cœur battait approchant du village
Qui pour le pèlerin garde un double trésor :
Ta dépouille, ô Pétrarque, et cet humble ermitage
D'où ton âme vers Dieu, libre enfin, prit l'essor !

Introduit dans la chambre où, de sa solitude
Ayant pour compagnons la prière et l'étude,
Expire doucement le poète sacré ;

Je fléchis les genoux, chassant la rêverie,
Et je redis, d'amour et de foi pénétré,
Son immortel cantique à la Vierge Marie.

F. DE LA JUGIE.

19 novembre 1874.

LE CENTENAIRE DE PÉTRARQUE

(Pièce couronnée au concours séculaire)

—

De saint Pierre le Rhône avait reçu la barque,
Et les papes français se faisaient provençaux,
Lorsqu'un vendredi saint tu vis Laure, ô Pétrarque ;
Cinq siècles ont, depuis, passé sur vos tombeaux.

Trop loin d'elle, tu dors sur la colline d'Arque ;
Vaucluse te rappelle au milieu de ses eaux ;

Les sonneurs de sonnets t'y nomment leur monarque,
Viens compter tes sujets dans ces chanteurs nouveaux.

Au bruit de nos concerts, dont elle semble fière,
Ta Dame, secouant son antique poussière,
Se lève du cercueil que lui garde Avignon.

Triomphe du sonnet qui la rend immortelle !
La voici, grâce aux vers qui célèbrent son nom,
Vieille de cinq cents ans, mais toujours jeune et belle.

Comte LAFOND.

PÉTRARQUE

—

Pour la gloire de l'art et du génie humain,
La forme a resplendi dans le marbre ou l'argile ;
Passant de Phidias au doux art de Virgile,
La forme ouvre à l'idée un multiple chemin.

Et Pétrarque, à son tour, consacre leur hymen ;
Il consacre l'essor de la pensée agile ;
Il sait rendre immortelle une plume fragile :
Son cœur donne la vie à l'œuvre de sa main.

Quand il subit la loi de toute créature,
La mort prit la moitié de sa double nature,
Son âme survit, seule, à son corps expiré :

De l'art sous cette loi l'œuvre n'est point placée ;
Et le grand sentiment à Pétrarque inspiré,
Éternise, à la fois, la forme et la pensée !

Eugène LAMBERT.

ODE

(Pièce couronnée au concours séculaire).

—

. . . .

On le trouva le front appuyé sur un livre :
Le penseur en lisant avait cessé de vivre,
Ainsi meurt en bataille un calme chevalier,
Sans regret et sans peur sur un lit de laurier.

Tant que la fontaine sonore
Qui te chantait le nom de Laure
Dans ton Vaucluse bondira,
Ton souvenir, ô doux poète,
Des amoureux sera la fête
Et ton laurier pur verdira.

Ta Laure, la science et ta chère Italie
Voilà le cercle d'or de tes belles amours !
Bénit du haut du ciel l'adoptive patrie
Fille de ton soleil, mère des troubadours,
Où tu chanta ces vers qui ravissent les âmes :
Dis-lui que les combats des frères sont infâmes ;
Qu'il faut garder le fer vengeur pour le plonger
Dans le barbare sein de l'avide étranger !

Maurice LANOIX.

LE CENTENAIRE
—
Aux Femmes provençales.
—

Si l'homme illustre qu'on honore
En ces belles solennités
Revoyait nos bords enchantés,
Que ce vieux Rhône arrose encore,

Sans doute, il y verrait éclore
Tout de nouveau mille beautés :
Mais comme aux jours qu'il a chantés
Y trouverait-il une Laure?...

Oui, mon pays, et j'en suis sûr,
Ton ciel est toujours aussi pur,
Tes plaines toujours sans rivales.

La vertu, la beauté, l'amour
N'ont-ils pas fixé leur séjour
Parmi vous, femmes provençales?

18 juillet 1874.   UN LAURÉAT DU CENTENAIRE.

LE SITE DE VAUCLUSE

A M. le marquis Henri de la Garde.

Tout poète, qui croit que dans l'âme est incluse
Une vertu d'amour plus forte que le corps,
Qui, des vers de Pétrarque, entend les doux accords,
A rêvé dans sa vie une course à Vaucluse.

Voici donc le vallon, la Sorgue et son écluse,
Le cirque de rochers, magnifiques décors,
L'écho prêt à répondre aux fanfares des cors ;
Et l'antique laurier qu'eût adoré Péluse.

Mon vœu se réalise ; enfin je vois les lieux
Où, de la politique et de Rome oublieux,
L'illustre amant chantait sa noble inspiratrice.

Salut, fortuné site où Pétrarque a gémi !
Mais ici que ne suis-je avec un seul ami !
Les discours d'apparat ne font pas mon caprice.

Avignon, 18 juillet 1874.   Philibert LE DUC.

SONNET

—

Qu'étais-tu, Bénézet? Un hardi compagnon ?
Ou le pâtre béni que le vulgaire honore ?
— Qu'importe ? sans souci de l'auteur qu'on ignore,
Tout le monde a passé sur le pont d'Avignon.

S'il fallait écouter l'historien grognon,
Pétrarque fut chanoine et n'épousa point Laure
Dont prosaïquement le roman dut se clore.
Qui de ses onze enfants a jamais su le nom?

— Personne. Béatrix n'a jamais été mère,
Et Dante eut sept enfants morts dans l'obscurité.
Qui jamais s'est enquis de leur postérité?

C'est la réalité qui meurt, — non la chimère ;
De vos œuvres de chair ne soyez point jaloux,
Poètes, vos vrais fils sont tous vivants, — c'est nous.

Gustave LE VAVASSEUR.

LA GLOIRE DE PÉTRARQUE.

—

Pétrarque, l'Eternel a pris soin de ton âme
Et la dota toujours des rayons de la foi.
Quoique mort, l'univers te recherche et t'acclame,
Le linceul de l'oubli ne pèse point sur toi.

Ton règne est infini, très haut je le proclame,
Car ton génie a mis l'impie en désarroi,

Et, pour ses bienfaiteurs, le peuple qui s'enflamme,
T'élève un piédestal, où tu trônes en roi.

Poète chaleureux, ta croyance profonde
De ses chastes amours étonne encor le monde,
Qui reste enclin au doute, à la fatalité.

Rien ne peut obscurcir ta brillante carrière :
Cinq siècles ont passé sur ta noble poussière,
Sans oser effleurer ton immortalité.

Mis Eugène de Lonlay.

SONNET

—

Pétrarque, je te plains ; si ta gloire est complète,
Elle fut achetée au prix de ton bonheur.
Tu sacrifias Laure, et ta Muse reflète
De ton amour brisé l'effort et la douleur.

Dieu te mit sur la terre, amoureux et poète,
La Muse fut ton but, et l'instrument, ton cœur ;
Le laurier poétique a souvent sur ta tête
Pesé, comme l'épine au front du Rédempteur.

Le génie absorba tout l'essor de ton être,
Tu vécus pour chanter. Dans ton âme, peut-être,
La révolte des sens allumait son flambeau ;

Tu marchas, cependant, triste, chaste et sublime,
Car tu devais, hélas ! de ta gloire victime,
Souffrir, aimer, mourir pour le culte du beau !

Maurice Masson.

LE ROCHER DE PÉTRARQUE
(Pièce couronnée au concours séculaire.)

—

Cinq siècles n'auront pas vainement traversé
Le vallon où Pétrarque a promené sa Muse :
Dans les bois, la cognée a tant de fois passé !...
L'usine emplit de bruit le désert de Vaucluse.

De sa puissante main, le Temps a renversé
La maison du Poète ; et la Sorgue confuse,
En voyant sur ses bords son cours bouleversé,
Précipite ses flots qu'emprisonne l'écluse.

Pourtant le grand rocher est toujours là, debout,
Majestueux vieillard dont la tête chenue
Aujourd'hui comme hier interroge la nue.

Pareil à ce géant qui doit survivre à tout,
Le front ceint de laurier, apparaît dans l'histoire
Celui dont l'amour fit le tourment et la gloire !

Hippolyte MATABON.

—

A PÉTRARQUE

—

Que faut-il au poète ? — Un baiser et du pain !
(Hégésippe MOREAU.)

Gloire à ton souvenir et gloire à ton génie,
Poète d'Arrezzo. Tu m'apparais souvent
Sous des myrthes ombreux, à ta belle rêvant,
Et répétant son nom doux comme l'harmonie.

Ma douleur se nourrit de ta plainte infinie :
Pour elle tes soupirs sont le souffle du vent

Qui vient baiser les fleurs quand le soleil levant
Verse aux monts, aux forêts sa lumière bénie.

Poëte, que de fois, aux soirs purs de l'été,
Loin du bruit, les amants pâles de volupté
Ont murmuré tes chants et parlé de ta Laure !

Elle et toi maintenant les compagnons des dieux,
Vous savourez l'amour sous les bosquets des cieux,
Et vous vous enlacez dans l'éternelle aurore.

MÉONIDE.
Paris, août 1874.   (Hippolyte BUFFENOIR.)

A VAUCLUSE
PENDANT LA CRISE DE 1870-1874.

Dans les temps agités de fatales erreurs
La vérité fait place aux mensonges du rêve ;
Le regard ébloui d'incertaines lueurs,
L'homme perd son chemin dans la nuit qui s'achève.

L'orage gronde au loin. En ces jours de douleurs
Le canon retentit, la parole est au glaive,
Au lieu de chants d'amour il faut verser des pleurs :
Le rossignol se tait quand l'ouragan se lève.

O poètes, quels temps ! Qu'on était plus heureux
Quand Pétrarque écrivait ses sonnets amoureux
Et que le monde ému s'intéressait à Laure !

Qu'importe, il faut louer ces illustres amants.
S'ils ont quitté la terre, ils vivent dans nos chants
Et l'immortalité les réunit encore.

Baron DE MEYRONNET SAINT-MARC.

SONNET

—

Pétrarque, ô doux chanteur, ton âme vierge et veuve
Demeure parmi nous et vit dans tes beaux vers
Qu'aucun rêveur d'amour n'entend, sans qu'il s'émeuve,
D'un accord surhumain charmer notre univers.

La source de Vaucluse a porté, mieux qu'un fleuve,
Le renom de ses eaux loin au-delà des mers...
Puissance du génie ! Il ceint les lauriers verts
Pour avoir su chanter une amoureuse épreuve !..

Les conquérants, fléau de notre humanité,
Sont glorieux d'asseoir leur immortalité
Sur un piédestal fait de sang, d'os et de cendre ;

Pour ton triomphe, à toi, Pétrarque, n'ont coulé
Nuls pleurs amers ! Sans cesse il est renouvelé,
Et rien ne reste plus de celui d'Alexandre !

Achille MILLIEN.

ABSTENTION

—

Quand j'ai fini, recommencer !!...
Se peut-il ? Vous voulez encore
Que je chante Pétrarque et Laure !
Je ferais mieux d'y renoncer.

Non, mes labeurs doivent cesser.
Mon soir regrette son aurore,

Un avenir que je déplore
Semble déjà me menacer!...

D'ailleurs, que reste-t-il à dire
Sur ce mémorable sujet,
Dont le triomphe est si complet,

A moins qu'il ne naisse une lyre
Digne de l'innocent retour
Que Laure accordait à l'amour?

G^{al} c^{te} DE MONTESQUIOU.

LA MEILLEURE PART

A Pétrarque.

Fou sublime d'amour, tendre émule d'Horace,
Toi dont le front pensif, ceint de deux lauriers verts,
Semble, rival heureux de Dante, de Boccace,
Rêver pieusement de Laure et de beaux vers ;

Quel poète, ébloui, concevrait cette audace
D'aspirer, en ce siècle, à tes savoirs divers !
Que d'autres, poursuivant ta lumineuse trace,
Jalousent ton grand nom remplissant l'univers !

Convoitant ces talents dont le ciel est avare,
Qu'ils préfèrent ta gloire à tes soupirs d'amant,
Ambition d'orgueil. — Pour moi, je le déclare,

Je t'envie, ô François, ce don triste et charmant,
Cette cruelle joie et ce destin si rare
D'avoir toujours aimé, d'être mort en aimant !

Jean de Mony.

A PÉTRARQUE

—

E se non fosse il suo fuggir si ratto,
Più non domanderei...
(PETRARCA.)

Cinq siècles ont passé. Vaucluse se rappelle
La radieuse époque où tu vins l'habiter.
Vois, poète : sa rive est toujours aussi belle,
Mais ses tristes échos ne savent plus chanter ;

Sa montagne est toujours la féconde mamelle
Où le flot qui nourrit un peuple vient monter ;
Mais absente est la Muse, aussi féconde qu'elle,
Qui se plaisait jadis, Pétrarque, à te dicter.

Plaintifs avec noblesse, ardents avec décence,
Tes chants n'osaient trahir de terrestres frissons ;
Au souffle pur de l'âme ils avaient pris naissance

Et comme l'âme ils ont une immortelle essence.
C'est ta gloire !... Mais nous, profanes, nous pensons
Qu'en amour un baiser vaut mieux que dix chansons.

Alexis Mouzin.

APOTHÉOSE DE PÉTRARQUE

—

...Un nom s'élargit, gravé sur un tombeau.
(H. Nogent Saint-Laurens.)

De la tombe où tu dors, ô doux amant de Laure,
Ecoute ces accords t'invitant au réveil ;
Divin Pétrarque, entends la grande voix sonore
De la postérité qui t'arrache au sommeil...

Du fond des temps passés, maitre, reviens encore
Pour reprendre ta lyre et ton chant sans pareil ;

Que Dieu te rende à nous pour une seule aurore,
Dût-il te rappeler au déclin du soleil !...

Maëstro tout-puissant de céleste harmonie,
Poète bien-aimé, la France et l'Italie
S'unissent, en ce jour, pour acclamer ton nom ;

Cent idiomes vont éterniser ta gloire,
Mille voix chanteront un hymne à ta mémoire
Inscrite, en lettres d'or, aux murs du Panthéon.

Juin 1874.   Jules Mugnier.

LE JARDIN DE PÉTRARQUE
A VAUCLUSE
(Pièce couronnée au concours séculaire.)

Dans ton riant jardin, au milieu de tes fleurs,
Pétrarque, ton amour, chaste et mélancolique,
Pour l'adorable Laure, était ton culte unique ;
Tu préférais ta peine aux destins les meilleurs.

Vainement les oiseaux, pour calmer tes douleurs,
T'envoyaient les accords de leur douce musique ;
Et les roses disaient dans leur langue mystique :
Renonce à cet amour qui fait couler tes pleurs.

Ta muse était fidèle et gardait l'espérance ;
Elle immortalisait ta sublime souffrance
Dans tes divins sonnets que l'univers à lus.

C'est pourquoi maintenant, sur ses bords pleins de charmes,
La source de Vaucluse, où tombèrent tes larmes,
Peut verser le baptême aux poètes élus.

Myrten.

A PÉTRARQUE

SOUVENIR DE LA FRANCE

Lorsqu'en ce temps néfaste, à cette heure assombrie
Où l'Anglais triomphant nous imposait sa loi,
Visconti t'envoya près de Jean, notre roi
Qu'un traité (1) désastreux rendait à sa patrie,

Quoiqu'elle t'apparut, alors, toute meurtrie,
Sûr de son grand courage où tu puisais ta foi
Pour le pressentiment qui surgissait en toi,
Tu promis l'avenir à son âme aguerrie !

Si du tombeau, soudain, sorti ressuscité,
Rayonnant de lumière et d'immortalité
Tu venais de nouveau visiter notre France,

Bien qu'une entaille saigne à son flanc déchiré,
Ta bouche fatidique, ô poète inspiré,
La salûrait encor de ce cri d'espérance !

Casimir PERTUS.

Paris, 1874.

RENAISSANCE !

Prisca fides.....

Des rives de la Sorgue aux bords sacrés du Tibre,
Les peuples, frémissants d'une mâle fierté,
Écoutent avec foi l'harmonieux félibre
Glorifiant l'amour et la fidélité.

Il célèbre ton nom, toi qui fus chaste et libre,
Poète inimitable, amant inimité,

(1) Traité de Brétigny.

Ton nom qui, dans l'espace, où comme un luth il vibre,
Va sur l'aile du temps à l'immortalité.

Se peut-il qu'en ces jours de prose et d'égoïsme
Nous voyons exalter, pieux anachronisme !
Poésie et vertus, amour et chasteté !

O consolant prodige ! ô saint espoir ! La France
Retrouve avec Pétrarque une autre renaissance,
La foi, l'honneur, la gloire avec la liberté.

Oscar de POLI.

ODE A PÉTRARQUE

« Pars, lui dit la raison, à ton âge on oublie ;
L'Europe est grande ; pars, visite l'Italie
Dont la proscription, jeune enfant, t'a chassé ;
Tu sentiras germer dans ton âme meurtrie
Un autre amour puissant, celui de la patrie,
Pars, l'avenir t'attend, qu'importe le passé. »

Il partit emportant sa blessure profonde ;
Essayant d'oublier il allait par le monde ;
Sous sa plume toujours le doux nom revenait.
Le citoyen fut grand, l'homme remplit sa tâche,
Mais de son rêve ardent poursuivi sans relâche,
      Sa lyre résonnait.

Il chantait le chemin montant à sa demeure
Où la nuit le trouvait, insouciant de l'heure,
La fontaine, témoin des ses âpres douleurs.

Pareille à son amour elle s'élance aux nues,
Se prismant, au soleil, de couleurs inconnues,
    Et puis retombe en pleurs.

Il chantait des splendeurs cette splendeur suprême,
Laure, unique sujet de son divin poème.
Doux charme que longtemps il avait combattu,
Et, de la passion ineffable contraste,
Lui, le désespéré, la chantait pure et chaste,
    L'aimait pour sa vertu.

C'était elle partout, constamment c'était elle,
Mélodieux soupir, Laure! plainte éternelle,
Enivrant souvenir le suivant en tout lieu!...
Et quand il eut compris qu'elle avait pris son être,
Des bonheurs d'ici-bas ne voulant rien connaître,
    Il se tourna vers Dieu.

. . . .

P. PONSONNARD (1).

MON TOAST

—

Que dire sur Pétrarque alors qu'on a tout dit?
Quel grain trouver aux champs où glanèrent vingt mille?
Quel épi ramasser? quel ossement fossile?
J'ai beau fouiller Vaucluse, Arqua son dernier nid,

(1) Nous regrettons d'avoir appris trop tard que cette signature
cache une muse aimable, Mme Pauline Ponsonnard, et de n'a-
voir pu lui donner, en tête de cette publication, la place d'honneur
qui lui revenait parmi nos autres collaboratrices.

Arezzo son berceau; des jardins qu'il fleurit,
Toscans ou provençaux, bouleverser l'argile,
Les autres ont tout pris. Ma recherche est stérile
A Lombez, Carpentras où, chanoine, il bénit.

Mais, je saurai trinquer. Remplissez mon amphore!
Pétrarque! à toi je bois! Pour nous tu vis encore
Toujours jeune malgré tes cinq cent septante ans!

Mathusala vécut beaucoup plus que ce temps;
Rimait-il, cet ancêtre, et pour qui?... je l'ignore...
S'il faisait des sonnets, quelle fut donc sa Laure?

Charles du Pouey.

Tarbes, juillet 1874.

IMMORTALITÉ

—

Les cités disparaissent dans l'ombre,
Les saisons s'effacent tour à tour,
Les humains aux phalanges sans nombre
Par la mort sont frappés chaque jour.

Dans l'oubli, cet océan si sombre,
Tout s'engouffre et périt sans retour;
La beauté, la fortune, tout sombre
Et s'éteint en ce triste séjour!

Mais la Gloire — éternelle couronne —
Sur le front de ses élus rayonne
A jamais sur terre et dans les cieux!

Cinq cents ans ont passé dans la barque,
Et pourtant deux noms: — Laure et Pétrarque,
Sont toujours chéris et glorieux!

Victor Pujo.

Juillet 1874.

LES DEUX TRIOMPHES

(Traduit du provençal de Malachie Frizet.)

—

Un jour, jour solennel qu'a retenu l'histoire,
Folle d'enthousiasme et déclamant ses vers,
Rome portait Pétrarque au temple de mémoire
Et le couronnait d'or au nom de l'univers.

C'était pour le poète un vrai jour de victoire,
Victoire qu'acclamaient tant de peuples divers
Qu'aux pays du soleil comme au sein des hivers
On vit la Renommée aller porter sa gloire.

Avignon cependant, fidèle à son serment,
Voyait Laure à l'office assister saintement
Et repousser l'assaut du tentateur immonde.

O sublime folie! ô Vertu, quel pouvoir!
Laure de chaque jour accomplit le devoir
A l'heure où de son nom Pétrarque emplit le monde!

J. Quenin.

PÉTRARQUE

—

Pétrarque, de ton luth les sons retentissants
Réjouissaient le cœur de ton aimable Laure ;
Comme les doux parfums des beaux rosiers de Flore,
S'exhalaient vers les cieux tes sublimes accents.

Pour immortaliser ces parages charmants,
Et chanter leur beauté sur ta lyre sonore ;

Tu venais contempler aux rayons de l'aurore
De ta fraîche oasis les attraits séduisants...

Cinq siècles sont passés ! jamais la calomnie
N'a pu ternir les sons de ta douce harmonie !
Nous le proclamerons à la postérité !

Nous voulons couronner ton noble et grand génie.
Heureux si, comme toi, notre œuvre était bénie !
Nous nous rencontrerions dans l'immortalité !

Alphonse Saudadier, boulanger.

L'AMOUR, LA GLOIRE ET LE TRÉPAS
OU LE 6 AVRIL DE PÉTRARQUE

Ce fut un *six avril* que Pétrarque vit Laure
Pour la première fois, à l'ombre du saint lieu.
Le laurier poétique, un *six avril* encore,
Couronna ce soleil brillant sous le ciel bleu.

Un autre *six avril* enfin devait éclore
Pour lui sonner le glas d'un éternel adieu,
Comme un couchant doré dont la pourpre colore
Le déclin d'un beau jour qui retourne vers Dieu.

Ainsi, dans sa carrière ou plutôt dans sa lutte,
A ce chiffre fatal un grand poète en butte,
Par le triple destin qu'il subit ici-bas,

Se vit initié dans l'étonnant mystère
De cette trinité des choses de la terre
Qu'on appelle : l'Amour, la Gloire et le Trépas.

Charles Soullier.

PREMIÈRE ENTREVUE
DE PÉTRARQUE ET DE LAURE

C'est le jour mémorable où le Dieu qu'on adore
Pour le salut du monde expira sur la croix ;
Aux pieds des saints autels, dès la première aurore,
La foule se prosterne et prie à haute voix.

En contemplation, la jeune et belle Laure,
Par son air si modeste et si noble à la fois,
Charme tous les regards, et du Ciel qu'elle implore
Semble un ange envoyé pour enseigner les lois.

Pétrarque, en ce moment, dans l'antique chapelle,
Venant s'humilier sur la pierre, auprès d'elle,
Est ravi tout à coup d'un spectacle si beau.

Devant cette merveille il demeure en extase,
Et dans le sentiment tout-puissant qui l'embrase,
Le Génie à l'Amour allume son flambeau !

Arsène THÉVENOT.

A PÉTRARQUE

—

> S'onesto amor può meritar mercede,
> E se pieta ancor può quant'ella suole,
> Mercede avrò.
> (PETR. SON. CCLXXXVIII.)

Ta constance n'a pu t'obtenir la conquête
De celle dont jadis un regard t'a vaincu ;
Mais sa beauté fatale, en ton cœur éperdu,
A ton insu formant la nue et la tempête,

De ton génie a fait, sur l'univers ému,
Jaillir l'éclair : dès lors sa main a ceint ta tête

Du laurier immortel qui reverdit, Poète,
Dans les siècles charmés — ainsi que la vertu

De ta Laure — ...Entends-tu cette douce harmonie ?
La France, — encore en deuil, — répond à l'Italie
Par les chants fraternels de ses fiers troubadours.

Leur phalange inspirée, en sa langue sonore,
Célèbre ton hymen éternel avec Laure...
Oh ! ne maudis donc plus tes terrestres amours !

J. Valère-Martin.

Cavaillon, juin 1874.

A UN POÈTE

QUI M'ENVOYAIT LE PROGRAMME DES FÊTES VAUCLUSIENNES

—

Vous vous trompez, ami, je pense,
C'est à vous seul qu'on s'adressait ;
Il faut en cette circonstance
Une voix et non un fausset.

Quoi ! les Félibres de Provence,
Académiciens du Sonnet,
Font appel aux Muses de France,
Et j'essaierais mon galoubet !...

Non, non, ce n'est pas mon affaire
De célébrer le centenaire
Du grand trouvère italien ;

Mais vous qui marchez sur sa trace,
A Vaucluse allez prendre place,
Laure vous reconnaîtra bien.

Baron de Verneilh.

POUR LE CENTENAIRE DE PÉTRARQUE

—

Tu l'as dit, grand Pétrarque, oui, les écrits, la plume,
Par leur toute puissance et leur diffusion,
Peuvent seuls affranchir la gloire et le renom
Des ravages du temps, par qui tout se consume !

Le marbre ni l'airain, le ciseau ni l'enclume
N'auraient fait traverser cinq siècles à ton nom,
Et l'on n'irait en foule au Comtat d'Avignon
Te fêter, en ces jours, bien plus que de coutume !

La Sorgue sur ses bords te vit jadis chanter
Les charmes, les vertus de ta Laure si belle ;
Tu la glorifias, tu l'as faite immortelle.

Permets qu'à notre tour nous venions apporter
Notre tribut d'hommage à ton rare génie
Qui brilla d'un tel lustre en France, en Italie.

V. X. (Jh. Poulenc, traducteur de Pétrarque.)

A PÉTRARQUE

—

Pétrarque, j'aime en toi la grâce et l'harmonie ;
Tes chants mélodieux, par leur limpidité,
Rappellent la fontaine où souvent ton génie
Au bruit des flots rêvait amour et chasteté.

Prince des troubadours, qui sus à l'Ausonie
Enseigner ce beau style où règne la clarté,
Permets-moi d'invoquer ta mémoire bénie
Et d'être un des échos de la postérité.

Cinq siècles ont passé depuis que de la terre
Tu partis glorieux, mais triste et plein de jours,
Et dans la nuit des temps ton nom brille toujours.

O poète ! ta voix, comme ton âme, austère,
A Laure n'a jamais fait entendre un seul vœu
Dont elle dût rougir plus que d'un simple aveu.

Ub. Valtors (A. Boursault.)

AU FRÈRE DE DANTE

—

O toi dont la lyre embaumée
Répand les parfums amoureux,
Daigne en souvenir de l'aimée
Que tu chantas aux jours heureux,
Accepter le pieux hommage
De ceux qui, dans ton héritage,
Ont pris de poétiques feux !

Salut à toi, grand humaniste,
Philosophe osé, mais soumis,
Dont la fière âme tendre et triste,
Vouée aux dévoûments amis,
Alla chercher dans la sagesse
L'oubli des fougues de jeunesse
Qui flagellaient tes ennemis !

Comme Dante ardent politique,
Comme lui vulgarisateur,
Tu formas cette langue unique
Qui séduit en chantant au cœur ;
Et les échos du Capitole
Nous font, devant ton auréole,
Exalter le triomphateur !

Mis de Valori Pce Rustichelli.

A PETRARCA

A FRANCESCO PETRARCA

Ite superbi, ameni Euganei còlli,
E tu pure, d'Arquà nobile ostello,
Poscia che i rai del vostro sole ardente,
I fior, le fronde, l'acque e la pur'aura
Attirarono a voi il cantor di Laura.
O cara Italia mia, procedi altera,
Che ben donde tu n'hai,
Poi che gente non vi ha nell'universo,
Che tal noveri schiera
Di fulgidi splendori
Nè ciel così sereno,
Nè più ricco terreno,
Nè il mar, che ti circonda
Con la sua placid' onda,
Nè sì alti monti in fine,
Che al settentrional povero sito
Ti segnano il confine,
Natura e il suo Fattore di lor arte

Con opra si perfetta
Mostrano all'uom in te la miglior parte.
E però certo invidïata sei,
Giacchè la volontà, libera fatta
Dal Creator di nostra umana schiatta,
Al mal si volge, se non è ben culta ;
Ma sovra il mal desìo,
Sicura di te stessa,
Sdegnosa guarda e passa,
Tu, che sapesti d'umiliata ancella
Rieder qual eri forte al par che bella.
  E tu spirto beato,
Che dal ciel miri aquesta bassa spera,
Di gloria circondata,
Nel gaudio tuo verace
Non disdegnar che un umil fior dell'Alpi,
Mentre Italia t'inneggia,
Posto pur venga appiedi del tuo sasso :
Pallido è in vero e lasso ;
Ma oime ! il nemico vento,
Che viene d'aquilon, l'ha quasi spento ;
Pur fidanza il sostiene,
Che tu l'accoglierai qual ei ci si trova,
E che per tua mercede
Del loco, ov'egli è surto,
Altr'aura ed altro sole
Verranno a ravvivar le tristi aïuole.

Elisa PANIZZA SCARI.

Mezzolombardo nel Trentino.

A FRANCESCO PETRARCA

—

Non pur di Laura tua le verginali
Bellezze ad eternar l'estro piegasti,
Ma della patria ancor le glorie e i mali
Sull'immortale cetera cantasti;

Or di Laura che fu? Le gelid'ali
Morte agitò sovra colei che amasti,
Spenti son gli occhi onde sì acuti strali
Nel tuo tenero core un dì provasti;

Ma viva è Italia, che piangesti ancella,
Ora donna di sé, concorde e forte,
Una dall'Alpi alla sicana sponda:

Mira! la guida una fulgente stella,
E nel tuo culto a Francia oggi consorte
Di nuova luce il capo ti circonda.

Evaristo ALFIERI.

Ascoli Piceno, 13 luglio 1874.

AMENA RIMENBRANZA

—

Di più mirarla spenta ogni sperare,
Mi rammentai la vita, il portamento
E delle chiome il biondo acconciamento,
I dolci lumi, il gentil favellare.

Pascendosi di tai memorie care,
Mio cor al dì ben cento volte e cento

D'averla vista pur un sol momento
Stavasi assai la sorte a ringraziare.

Fra giovin donne, a farmela più grata,
Ancora volle 'l ciel mi s'incontrasse
L'angelica sembianza, anzi divina :

A ragionar con lei Amor m'attrasse,
L'alma dal cantar suo venne agitata
E nel ballar mi porse la manina.

A. BELJAME,
Traducteur-juré près la Cour de Paris.

Paris, 5 juillet 1874.

PER LE SOLENNI FESTE
DEL QUINTO CENTENARIO DEL PETRARCA

—

Nato sui colli che gentil corona
Fanno dell'Arno alla ridente sponda,
Qui si fe' grande e colse in Elicona
La trionfale gloriosa fronda.

Soavissimamente ancor ragiona
Ad ogni'alma gentil l'eco gioconda
De' suoi canti d'amor, e cara suona
Come di cetre armoniose un' onda.

Qui la culla di Laura, e di Valchiusa
Scorrono i dolci cristallini umori ;
Qui i placidi recessi e l'ombre fide.

Qui tutto il genio del Poeta arride !...
Ah ! se Italia a Lui diè vita ed allori,
A Lui Francia l'amor, l'estro, la musa !

Antonio BONETTI.

Bologna, 24 giugno 1874.

PETRARCA CANTORE DI LAURA

—

Di Laura il vate agli angeli rapia
Il favellar soave, e il suo pensiero,
Di elletti fior vestito, e di armonia
L'ali battea fra gli splendor del Vero.

La sua donna era bella, accorta e pia
Col crin d'or, bianco seno, e piè leggiero,
Era tutta dolcoza, e cortesia,
Ma il si aspettato non le usciva intero.

Dubbio e speranza mosser alta guerra
Nell'acceso cantor, che i suoi lamenti
Confidò all'aure dell'Ausania terra.

E quando Ella moriva, il suo dolore
Il più bello le apri de' firmamenti
Ove stanno immortali Arte ed Amore.

Giuseppe Cav. Bonturini.

Venegia.

CANTATA A PETRARCA

DI TEODORO AUBANEL

per la festa provenzale del quinto Centenario,
tradotta dal conte Lorenzo Fietta.

—

CORO

Su, su, trombe, svegliate la fama,
Alto un plauso tu, popolo, intuona,
Vien Petrarca con verde corona;
E tu, Laura, diletta sua dama
Un sorriso all'amante tuo dona.

Bello d'ostro e di manto regale
Vieni, o figlio del sangue latino,
Nell' antica cittade papale
Anco altera del suo cittadino
A trionfo rientra immortale.

Finchè Italia e Avignone s'allieti
Di gentili donzelle, e risuoni
Caro il verso tra noi de' poeti
Canteremo in enfatici toni
Tuoi sonetti e tue fiere canzoni.

O Signor, la Provenza ti accoglie,
Al tuo raggio ogni nebbia si scioglie,
Chè dinanzi a tal fatta di gente,
A chi al bello consacra sue voglie
E la notte e la tomba son niente.

CORO FINALE

Su, Petrarca, di ascender ti affretta
Del fatal Campidoglio la vetta ;
Come un dì cinque secoli van.
Una festa che fin non aspetta
È la gloria di vate sovran.

Venezia.   Conte L. FIETTA.

PETRARCA ALL' ITALIA

—

Italia, Italia, veggoti tornata
La prisca gloria dell' età latina.
Ancella ti lasciai, e or diventata
Dell' uno e l'altro mar tu sei regina.

Madre di libertà te noma e guata
Oggi il mio spirto, e per virtù divina

Esultano le ossa entro l'oblïata
Tomba ove accorri si pietosa e china.

Dalle nevose vette giù una schiera
Scese d'eroi pugnanti, e il lor valore
Sciolta ti fé da servitù straniera.

Alla genia d'oltrealpe eterno amore
Dunque ti leghi, o Italia; e vanne altera
Che strania terra a un tuo figliuol diè onore.

Luigi de Fraja Frangipane.

Puzzuoli, provincia di Napoli.

PER IL CENTENARIO
DI FRANCESCO PETRARCA

Canoro Cigno di Valchiusa ai mesti
Che degli affetti durano la guerra,
Un altro ciel d'amor creasti in terra
Eterno, quanto i seggi tuoi celesti.

La trina fiamma di che tanto ardesti,
E che nel vario tuo carme si serra,
Di valor ti ritempra anco sotterra
All' esultanze de' trionfi onesti.

L'Italia e Laura bella e libertade
Fur gli spasimi tuoi e la catena,
Che tutta ebbe del mondo la pietade.

Con la tua donna or si fuori di pena,
Libere e unite l'itale contrade
Salutano la tua vittoria piena.

Comm. Carlo Giorello.

Napoli, 20 giugno 1874.

PEL V° CENTENARIO DEL PETRARCA

—

> Per man mi prese e disse: in questa spera
> Sarai ancor meco se 'l desir non erra.
>   (SON. XXXIV.)

La donna mia, colei che primamente
M'indisse il bel cantar ch' alto risuona,
Qual' era apparsa all' infiammata mente
Tal m'addusse a Colui ch' ama e perdona.

Or seco Lei rapito eternamente
Ho di stelle e di soli aurea corona,
E quel che in terra si piacque a la gente
Quivi si canta a più soave suona!

Ma se a spiriti beati disianza
Si consentisse altronde che da Dio,
Scender vorrei da la superna stanza,

E mentre Ausonia me toglie all' obblio,
Baciar la sponda che ogni bello avanza,
Le aiuole di Virgilio, il suolo mio!

Palermo, luglio 1874.   M. R. GUIDANTONI.

PEL CENTENARIO
DI FRANCESCO PETRARCA, IN VALCHIUSA

—

L'inclito precettor dell' Alighieri,
Che gli insegnava come l'uom s'eterna,
Con amica di Francia alma fraterna
Sulla Senna dettó gli alti suoi veri.

E lo stesso Alighier, che di severi
Dommi lo spirto nutre e lo governa;

Nel prim lampo della fiamma interna
Sulla Senna diè volo a' suoi pensieri.

Italo sangue e sangue ancor francese,
Apri la scuola della gentilezza,
Poëta della prosa, il Certaldese.

Coronando di lucide fiammelle
Petrarca di sua Donna la belezza
Stringeva nell' Amor genti sorelle.

MONTEDELCICO.

Della Riccardiana di Firenze, 14 luglio 1874.

A FRANCESCO PETRARCA

NEL CELEBRARSI IN VALCHIUSA DALLA NAZIONE FRANCESE
IL V° SUO CENTENARIO

—

> Io vo gridando pace, pace, pace.
> (PETR. Canz. *Italia mia.*)

Se al chiuso nido della tua romita
Valle ti tragge Amor, tua guida un giorno,
Spirto felice, e il caro tuo soggiorno
Alle antiche dolcezze ancor t' invita,

Una gente vedrai (che all' alma ardita
Gentilezza accompagna) a Sorga intorno
Ridir tue lodi e del bel loco adorno,
Narrar di Laura e di sua casta vita.

Tu benigno le arridi; un' altra volta
Leva il grido di *pace*, e sien tuoi carmi
Arra di fede e d'amistà novella.

La Franca Donna, a miti affetti vôlta,
Posta in non cale la region dell' armi,
Schiuda l'amplesso all' Itala sorella.

Roma, 23 giugno 1874.   Cav. Achille MONTI.

SONETTO

—

Petrarca e Laura, astri d'amor celeste,
Onor d'Italia e Francia, alme immortali,
Esultano le vostre aure natali
Al novello splendor che vi riveste.

Cinque secoli or son ch' agili e preste
Oh! sommo vate al ciel drizzasti l'ali,
Questo mondo fuggendo e le mortali
Ire di parte alla tua terra infeste.

E tu, Laura, accoglievi in la tua spera
Lui che gli spazii sorvolava, e amici
Vi deste il bacio d'una fè sincera.

Deh! pregate da quel cerchio superno
Che al par di voi si stringano felici
Italia e Francia in un amplesso eterno.

Genova.   Comm. Giuseppe Morro.

FRANCESCO PETRARCA

—

Apostolo d'Italia, ai forti accenti
Temprò la cetra, e ne fu scosso il mondo!
La sua voce a frenar valse i potenti,
E sveglio il popol dal torpor profondo.

Profeta di vittorie e di portenti,
Gittò di libertà seme fecondo:
Fremette il cuor delle latine genti,
E scosse il turpe giogo inverecondo!...

Alle fresche e dolci aure di Valchiusa
Chiede conforto all' agitata vita :
Là il cantico d'amor scioglie sua musa !

Di Laura la beltade ha in cor scolpita :...
Le guerre fratricide odia ed accusa ;
E Francia e Italia a fratellanza invita.

Gian Carlo Nerini,
Ancien pensionnaire du Conservatoire de Paris.

Vigevano, près Milan, 29 juin 1874.

A LAURA

—

Parrà forse ad alcun, che'n lodar quella,
Ch' i'adoro in terra, errante sia 'l mio stile.
(Petrarca.)

Fosti ? o divina vision dipinse
E il fantasma adorò l'alto Cantore ?
Crea inconscio talora, e a quel che finse
Il genio dona, come a Nume, onore.

Chi del tuo sguardo la beltà non vinse
E delle forme angeliche il fulgore ?
A Lui Diva sembrasti ; e sì l'avinse,
Misto a spavento e a meraviglia, amore.

Ma più che dell' eterëa sembianza,
Onde, quasi da vel candido, brilla
Dolce idëal, che forse in cielo ha stanza,

D'altra gloria la luce in te sfavilla,
Nobile gloria ch' ogni laude avanza :
Fosti d'italo genio la scintilla.

Este, 11 maio 1874.   Diego Piacentini.

PEL QUINTO CENTENARIO DI PETRARCA
A VALCHIUSA

—

No, non fia mai ch'io vegga la Penisola
Sconoscente a Colei, che col suo forte
Braccio dall' Alpe venne un giorno a infrangere
      Le sue ritorte.

Se il Bel Paese, che da Scilla al Brennero
Era un dì schiavo, arrovesciò sei troni,
Se libero al banchetto anch' egli assidesi
      Delle nazioni.

N'ha Gallia il merto, Ella all'augel bicipite
Troncò l'ali a Magenta e a Solferino;
Ella gli schiove a libertà col nobile
      Sangue il cammino.

Nè del dono si duol, nè guarda d'invido
Guardo i fati del nuovo italo regno:
Ed a Valchiusa ambo la mar si stringono
      Di pace in pegno.

Ah! se un solo il pensier, se dei due popoli
Un solo è il cuore, ed al comun decoro
Volte le menti in amistà si legano....
      Chi contro loro?

Pace! Pace! — Nè più vedren discendere
D'armi et d'armati indomiti torrenti,
Nè più alla Senna, nè più bere al Tevere
      Teutoni armenti....

Ma dove, oh! dove mi trasporta il fervido
Estro, e del gran Cantore, onde la bella

Donna del Sorga tanto i carmi esaltano,
     Più non favella?...

Salve, o Divino! — E di Valchiusa echeggino
Salve! le piaggie; e salve! del latino
Seme gentile i lieti inni ripetano:
     Salve, o Divino!

Ab. Francesco SARTORI.

Monselice, prov. di Padova, 12 luglio 1874.

VALCHIUSA, LAURA E PETRARCA.

—

Era ancor notte: nè del dì gli albori
Turbavan il sorriso delle stelle;
Quando la donna dalle luci belle
Vidi seduta fra l'erbette e i fiori.

In mano un serto d'immortali allori,
Il crine cinto avea di fiammelle;
E collo sguardo rimirando quelle
Amiche sponde ardeva in casti amori.

Allor que quasi da letargo desta
Le luci alzando, vide a sè dinante
Il suo cantore a contemplarla mesta,

S'accese in volto; e colla man tremante
La corona gli pose sulla testa,
E agli occhi sparve del felice amante.

Pontecurone (Piemonte).   Teologo Gio. B. SPADINI.

IL CENTENARIO DI PETRARCA

—

> *Quante fiate*
> *Per luoghi ombrosi e foschi mi son messo*
> *Cercondo col pensier l'alto diletto*
> *Che morte ha tolto, ondé la chiamo spesso :*
> *Or' in formo di nimfa, o d'altra diva,*
> *Che del piu chiaro fondo di Sorga esca....*
>
>   (Petr. son. ccxl.)

Nei suoi pensieri, un dì, Petrarca immerso,
Nel oasis che di Valchiusa ha 'l gran nome,
Afflitto aveva il core e tristo, come
Nave sbattuta che è dubbiosa verso

Qual porto vada a ristorare il perso.
Diva gli apparve : « Amico, hai si grand some? »
Ed egli : « O Diva ! ho le mie forze dome !... »
L'angelico sermon, lo stile terso

Di quelle Dea l'incoraggi dicendo :
« I tuoi casti sospir, tue brame ardenti
Accetti son lassù donde io discendo.

Fa core, o mio cultor ! vò che rammenti
Che son tua Musa ed immortal ti rendo
Se ognor terrai ver me tuoi lumi intenti. »

J. V.-M.

Cavaillon (Vaucluse), 1874.

A PETRARCO

A LAURO

Quand lou grand Troubaire s'enauro
E s'afoulis pèr te canta,
Bèn segur, bello e casto Lauro,
N'es pas autant pèr ta bèuta

— Flous qu'en un jour s'avalis, pauro ! —
Que pèr ta noblo casteta :
Elo es encauso qu'i quatre auro
Toun inmourtau noum es pourta...

Ninoun, Marioun e Temiro,
Emé li *roumpu* dóu Regènt,
An passa. Pèr éli li gènt

N'an plus que mesprés e satiro ;
Mai tu, Lauro, pertout, toujour
Lausaran ti sàntis amour.

La Felibresso dóu Cauloun.

M., óutobre 1874.

VAU-CLUSO

Verdo coumbo qu'enmouresco
     L'oumbro fresco,
L'as vist, dins ti roumaniéu,
S'adraia tout pensatiéu :
Enterin que caminavo,
Davans lou mèstre d'amour
L'aubre, la planto, e la flour
     Se clinavo...
       E la coumbo dis :
       Èro un paradis !

Bluio Sorgo que varaies
     E cascaies
Au mitan di roucassoun,
As retengu si cansoun.
Bluio Sorgo, dins sa barco,
Amourous coume n'i'a plus,
L'as pourta dins soun trelus,
     Toun Petrarco...
       E la Sorgo dis :
       Èro un paradis !

Parlo-nous toujour de Lauro,
     O douço auro !
Tu que sèmpre à soun coustat,
Caressaves sa bèuta.
Jouino e puro coume l'aubo,
Quand venié dins lou valoun,
Boulegaves soun péu blound
     E sa raubo.
       E l'aureto dis :
       Èro un paradis !

Teodor AUBANEL.

PETRARCO

—

Emé li sounet que fasié
Sa' Muso ardènto, sèmpre en orto
Pèr canta Lauro quand vivié,
E la ploura quand fuguè morto,

De Petrarco lou bèu lausié,
Pertout ounte l'amour trasporto
Li nòbli cor, espandissié
Coume un pàli si branco forto.

Lis an an cousseja lis an,
E verdejon enca li ram
De l'aubre qu'ufanous s enauro ;

Chato e fidèu servènt d'amour,
A si pèd cridaran toujour :
Vivo Petrarco ! vivo Lauro !

Grabié AZAÏS.

Castèu de Clairac, 25 de mai 1874.

EPITAFI DE PETRARCO

—

Inveni requiem.......
(PETR.)

Ai trouba lou repaus : fourtuno, espèr e glòri,
Pourtas-vous bèn ! Ai plus rèn à faire emé vous.
Aro prenès-n'en d'autre à voueste atrapatòri ;
Rèn treblo la calamo au païs luminous.

Dr Camilhe BERNARD.

Santo-Ano-d'At, 12 de jun 1874.

EN MEMORI DE PETRARCO

—

De Petrarco au-jour-d'uei l'inmourtalo memòri
Adus à nouesto Muso un galant souveni :
Dins milo e milo vers escriguen soun istòri,
Cadun dins un sounet vèngue lou benesi !

O Diéu d'amour, fasès qu'ensèn dins vouesto glòri
Emé sa Lauro amount siegon touei dous uni.
A Vau-cluso, au grand jour, pèr lou pouèto flòri
Que se brule d'encèns, que tube à plus fini.

Ansin, soun dous parla, sa tant bello liéurèio,
Se li maridaran em' aquéu de Mirèio,
Emai saran d'acord coumo elo emé Vincèn ;

Car pèr te celebra s'aparien lei tres lengo,
Fier Troubaire italian... Felibre, sian counsènt
De fa clanti soun noum sus lei couelo, ei valengo !

Aguste BONFILLON.

Sant-Marc, pèr l'Ascensien, 1874.

SOUNET DE PETRARCO

—

Rapido fiume che d'alpestra vena.
(CLXXII.)

Rose que rabènt davales dei couelo
Pèr te veni perdre apereiçavau,
Rèn pòu aplanta toun aigo que couelo,
Coumo moun amour, dins lou founs dei vau.

Quand saras alin dins lei païs caud
Mounte lou soulèu vous founde lei mouelo,

Avans qu'à la mar, dins seis erso fouelo
Te vagues jita, d'aise vai un pau

Au païs de Lauro. E se si miraio
Dintre toun clarun, qu'en Avignoun raio,
Baiso-li lei pèd, baiso-li lei man ;

E tei caranchouno ansin li diran
Que sèmpre moun couer vers elo s'enauro
E sèmpre moun amo es emé sa Lauro.

Marius BOURRELLY.

Marsiho, 7 de mai 1874.

LA NOÇO DIS AMO

—

Es uno niue siavo e sereno
Pleno de pas e de clarta ;
Entènde, coume de sereno,
Li raive en moun amo canta.

De Vau-cluso la grando areno,
Tranquilo dins sa majesta,
Bluiejo sus l'oundo que reno
E que bramo de voulupta !

— O niue, perqué dounc sies tant bello ?
Perqué de tóuti tis estello
As clavela toun long mantèu ?

— Chut ! pouèto, bresiho l'auro :
Pèr lou proumié cop Dono Lauro
Es emé Petrarco au castèu !...

Malaquìo FRIZET.

Perno, jun 1874.

A NAUTRE !

—

Aro assoulas-vous, Bardo franchimand,
E leissas canta lei fiéu dei Troubaire.
Vouesto voues, tambèn, Éu la counèis gaire :
L'ausè qu'uno vòuto, encò dóu rèi Jan.

Mai quinto sinfòni èro lou rouman,
Quand lou debanavo emé lei pescaire !
Lou mèu tant goustous de la lengo maire
De sei labro d'or a raia vint an.

Cantè lou bèu Pèire e sa Magalouno...
O Roumo envejouo ! sènso ta courouno,
Sarié nouestre en plen, rèi dei Troubadour !

Car à toun parla, segur, preferavo,
Mau-grat l'Alighieri e soun esplendour,
Aquéu que, jouvènt, Lauro li ensignavo.

A. de Gagnaud.

A PETRARCO

—

Qu'es lou sabé, peréu l'esperit ? Rèn qu'un brut !
Un murmur que s'esvarto à la mendro alenado ;
Uno flous sènso óudour e qu'adus ges de fru ;
Fumado sènso fue, fougau sènso flamado.

Ermitan de Vau-cluso, ères un saberu,
E toun noum s'envoulavo emé la renoumado.
Petrarco, ounte sarien ta glòri e toun belu,
Sènso lei rai d'amour qu'as pres à toun amado ?

Lei plagnun e lei cant espeli de toun couer
Luson coumo d'estello, esbarlugant la mouert.
Lou laurié que cenchè toun front, au Capitòli,

A l'aubre de l'amour ta man lou derrabè.
Pouèto, de l'amour siés esta l'apoustòli :
L'amour fouguè toujour lou sabé dei sabé.

Jan-Batisto GAUT.

Ais, 10 de febrié 1875.

PLANH (1)

Ite, rime dolenti, al duro sasso.

Complansa, vai deves la peira dura
Que dins la terra escond mon car tresor,
Clam l'arma qu'es en celestial lugor
Entre tant qu'es sos cors en tomba escura.

Di li que ja ma vida trop mi dura,
De las ondas iradas ai paor,
Mas membratz de son pretz e sa valor
De la segui pas apres pas ai cura.

O viva o morta a lei cug solamens ;
Ar inmortal viéu perdurablamens,
Vuelh que lo munz e la conosca e l'ame,

Plassa li m'estre cortes quand morrai,
Venga m'encontra, que non tardarai,
En cel am elha mi tire e mi clame.

A. MARC.

(1) Prouvençau dóu tèms de Petrarco.

PETRARCO A VAU-CLUSO

Mai non fu' in parte ove si chiar vedessi.

Jamai fuguère en lio mounte tant clar veguèsse
Ço que vèire voudriéu, despièi que noun l'ai vist ;
Ni mounte en liberta iéu tant me sentiguèsse
Emé tant, dins lou cèu, d'amourous cridadis ;

Ni veguère jamai coumbo que tant aguèsse
D'endré pèr souspira, fidèu e pausadis,
E crese pas qu'en Cipre Amour jamai tenguèsse,
Nimai en autro part, tant siau e brave nis.

Aqui parlon d'amour la font, l'auro, la prado,
Lis aucelet, li pèis, li flour, l'erbo dóu bord,
Tóuti ensèn me prechant la vido enamourado.

Mai tu que d'eilamount me sones, benurado,
Fai, pèr lou souveni de toun acerbo mort,
Que mesprese lou mounde e sa douço abéurado.

Frederi MISTRAL.

Maiano, juliet 1874.

A PETRARCO

MA LAURO

Iéu, nanet, que vers tu vire lis iue, Petrarco,
Iéu, que rèn que toun noum à moun cor fai temour,
Ai pamens, dins moun pitre, un rai de tiéu : l'amour,
Un rai d'aquéu soulèu que n'en sies lou mounarco !

Vers sa Lauro, moun amo abramado s'enarco ;
Coume lou tiéu, moun cor pèr elo es en cremour,

Car elo es lou trelus qu'esvarto li brumour...
E vers l'astre de Diéu sèmpre poujo ma barco.

Oh ! l'amour me rousigo, e rèn pòu me gari !
Ma migo es subre-bello, e si cadeno sauro
Encadenon moun cor... qu'es d'amour devouri.

E tu, mèstre divin, tu, dis iue de ma Lauro
Se beviés lou regard, sariés escoumbouri !
— Ma Lauro es la Prouvènço, e l'ame à-n-en mouri !

Jan MONNÉ.

Marsiho, 8 de febrié 1875.

A PETRARCO

A L'ÓUCASIOUN DÓU SIÉU CENTENARI DE 1874.

—

Estànci d'Anacreoun
(Pèço courounado ei Jue flourau dóu centenàri.)

—

Verai, lei bràvei Prouvençau
T'arranjon uno gènto fèsto ?
Aquéu jour lou soulèu s'arrèsto
Pèr ti garni de rai la tèsto,
O Petrarco, o fouent dóu mistrau !

Toun couer a canta misè Loro
'M' un vers tant noble, qu'au suquet
Restes lou Dante dóu sounet,
E que semblan de marmouset
Quand si metèn la tiéu taioro.

Tambèn grandisse lou tiéu noum
Emai grandira proun encaro ;
De la Vau-cluso sies lou faro,
E toun engèni estènde l'aro
Dessùs tóutei lei nacioun.

Vèngue lei touerco en fino pasto,
E lei flour, e lei tambourin !
Que raie noueste famous vin !
Lou bràndi, zóu ! un sant ansin
Un còup cade cènt an vèn basto.

Bouto, de la joio n'en siéu ;
Mai pèr ana 'mé lei troubaire
A la santa dóu grand cantaire
Béure aussi, mi faurrié, pecaire !
Un bèu miracle dóu bouen Diéu. (1)

Emile Negrin.

Niço, 14 de mai 1874.

L'AN 74 A VAU-CLUSO

—

Encuei tout retrais la voues dóu Cantaire :
Seguissèn lei piado eici de l'amaire
Pantaiant sa Lauro, astre de bèuta.

Inmourtau Petrarco, o vièi sounetaire !
En ribo de Sorgo, assajant un aire,
Au missau d'amour venèn touei canta.

Ebri de tei vers e de ta sinfòni,
A tant dous prefa degun dis de noun ;

Mai, grand Troubadour, 'mé sounet, *canzoni,*
Basto aprouchessian l'oumbro de toun noum !

Francés Vidal.

Lou 18 de juliet.

---

(1) L'autour es avugle e quàsi paraliti.

VARIORUM

A PETRARCA

—

Vàte inmortal de corazon de fuego
que en tu dolor sombrio,
y romper no pudiendo las cadenas
de un amor desgraciado, de tus penas,
á la fuentes del rio
Sòrgue, te fuiste á demandar sosiego !

Aun en la roca cavernosa suenan
tus lánguidos cantares,
y los ecos al prado y bosque llenan
del triste lamentar de tus pesares,
cuando por ellos suspirando errabas
y de la esquiva Laura te quejabas.

En la salvage soledad creias
que á tu amante delirio
misterioso consuelo encontrarias ;
mas para tu martirio
por do quiera la fúlgida hermosura
de tu Laura escondia la espesura.

Regaste con el llanto de tus ojos,
en tu amoroso duelo,
del Sorgue las riberas; y en abrojos
convertidas las flores, hácia el cielo
tornose tu alma de la paz sedienta;
mas la imágen de Laura alli se ostenta.

De tus amores la fecundà historia
conmueve corazones,
y de Petrarca la radiante gloria
contemplan las naciones:
que el genio y el amor fué en ti divino
y el brillar y el sufrir fué tu destino.

Jacinto CASARIEGO.

Marsella, 14 febrero 1875.

PETRARCA UND ARQUA

—

An Deinem Grab, auf Arquàs heil'ger Scholle,
  Wo Dein unsterblich Theil uns heut umschwebet,
  In Duft und Glanz und Hymnen mit uns lebet,
Gönn'dass ich huld'gend dieses Blatt entrolle;

Dass ich Tribut des deutschen Sängers zolle,
  Und neben Lorbeer, der dein Grab umwebet,
  Der Rosen Du vergebens hier erstrebet,
Weih' Franz und Eddas Lied, das wehmutsvolle.

O möcht' von den unzähl'gen Kränzen allen,
  Die Liebe weiht an Arquàs Heiligthume,
Ein Blatt auf jene fernen Gräber fallen!

Bei Jubelliedern die begeistert schallen
Dir, zarter Liebe Sängerfürst, zum Ruhme,
Nicht ungeliebt diess kleine Lied verhallen !

Z. von CLAUDIO (IDA von CULOZ.)

TRIUMPH OF PETRARCH

—

None e'er has seen thee, as a tocsin wild
O'er Italy in flames clang forth thy rhyme ;
Thy *rôle* was always peaceable and mild.

Away from cities-homes and haunts of crime !
Thou, stretched beneath the lofty laurels green,
Markest far-off the Alpine peaks sublime ;

And, bendig sweetly o'er the lymph serene
Where floats of Laura's robe a reflex white,
Thou warblest with the nigtingales, I ween.

For, ever in thy heart, with tuneful might,
And ever on thy lips, vibrate and ring
A brood of sonnets fluttering for flight.

W. C. B. V. (1).

DA EVOR PETRARK

—

Hiris ez eûs pemp kant vloaz abœ ma 'zout maro
Ha koulsgoude me grede ez oas dec'h tremened,
Kak da zoniou a zo kalz krenvoc'h ' vit ann dero
Ha skedusoc'h ' vit ann traou skedusa deuz ar bed.

(1) Ces tierces-rimes, traduites de Th. Gautier, et le sonnet de
Mme de Culoz, préface du poème *Franz und Edda,* ont été publiés
dans deux plaquettes rares et hors du commerce, ce qui nous
autorise à les regarder comme à peu près inédits.

Nann, birviken ne c'halfont ann amzeriou garo
Diframma deûs hor c'halon da zoniou intanet,
Ker ho devô hor zamma a·zeiou ken c'hwero
Hag ar,re a bouez war n'omp hep kaout hean abet.

De hâno Petrak vevo da viken hag hini
Laur' ann hini a garies kement dreist peb hini
Vevo ive dre enn-out enn tu all d'ann oadjou.

Ann embar p'oa evit-hi hag hi evidout-he
A zo skrived gant Doue enn leor ar garante
Ha gant ar bed war ar vein kaled hag ar c'hoadjou !

Vincent Coat.

AD PETRARCHAM

Cum, Petrarcha, tibi solennem Roma coronam
Atque triumphales decrevit Gallia lauros,
Te natalis amor patrias allexit ad arces
Et Capitolinum te fanum duxit ovantem.
Altera sed rediit, sæclis labentibus, ætas ;
En vatis repetit redivivam Gallia laudem
Instauratque tibi memores materna triumphos.
En veterem vocat exsultans ad festa sororem
Italiam, magnique ambæ sub nominis umbrâ,
Fraterno dextras amplexu jungere gaudent
Innectuntque tuas, consorti mente, coronas.
Jamque poetarum properat concursus ab omni
Parte poli ; resonant citharæ, miratur et echo
Vallis, quæ mæstos olim referebat amores,
Castalium rursùs modulari carmina fontem !
At tua cum patrio dixit præconia cantu
Ausonia, et veteris memoravit Gallia linguâ,

Cum Phocea tuum celebravit musa triumphum,
Ne, precor, invideas, si tantis additus ausis,
Ut mea vox etiam prisco te carmine laudet,
Romanam, licet indignus, revocare camenam
Versibus aggredior, quam nuper et ipse colebas,
Exanimis Lauræ functique levamen amoris !

Cyrille FISTON.

ΕΠΙΤΑΦΙΟΝ ΕΠΙΓΡΑΜΜΑ ΤΟΥ ΠΕΤΡΑΡΚΟΥ

Εὕρηχ᾽ ἡσυχίαν· χαῖρ᾽, Ελπὶς, χαῖρε τε, Μοῖρα·
Οὐδὲν ἐμοὶ σὺν ὑμῖν· σκώπτετε νῦν ἑτέρους.

Traduction du latin de Pétrarque.

FILAMONIDE EMAZIO (Norbert BONAFOUS).

IMITATION DE DEUX SONNETS
QUE PÉTRARQUE DUT COMPOSER A LYON
A SON RETOUR D'UNE EXCURSION DANS LES ARDENNES (1)

Mille piagge in un giorno...

L'amour, qui rend ailés pieds et cœurs, et nous mène
Tout d'un essor, vivants, jusqu'aux troisièmes cieux,
M'a fait voir, en un jour, ce que la sombre Ardenne (2)
Cache de noirs torrents et de bords odieux.

Doux penser ! j'étais seul, sans armes, dans ces lieux
Où le fier Mars, le fer en main, n'ose qu'à peine

(1) Ces deux beaux sonnets, qui nous arrivent au dernier moment, et qui portent à cent un le nombre de nos collaborateurs, seront comme le bouquet de notre fête poétique.
(2) Ce nom est au singulier dans le texte italien.

S'aventurer, plus grave et non moins anxieux
Qu'esquif en mer flottant sans cap et sans antenne.

Au déclin de ce jour morne comme une nuit,
En songeant d'où je viens, et quel Dieu m'a conduit,
Je sens naître ma peur de mon audace même.

Mais le riant pays et le fleuve enchanté
Sont là qui me font fête, et, vers l'astre que j'aime,
Déjà mon cœur se tourne avec sérénité.

Rapido fiume, che d'alpestra vena...

Fleuve rapide, enfant des neiges éternelles
Qui, grondant et rageur (1), avec moi, nuit et jour
Descends, — (car nous suivons des pentes parallèles :
La nature t'emporte où me conduit l'amour) ;

Prends les devants, et va, sans halte ni détour ;
Mais avant de livrer aux mers tes eaux fidèles,
Remarque bien'un site, adorable séjour,
Où l'air est plus suave, où les fleurs sont plus belles.

C'est là qu'est mon soleil vivant et gracieux
Qui fait fleurir ta rive et resplendir les cieux.
Peut-être (ô quel espoir!) mon retard la désole.

Baise son pied mignon, baise sa blanche main,
Et dis-lui : « — Le baiser supplée à la parole ;
L'âme arrive avec moi, le corps est en chemin. »

Joséphin SOULARY.

----

(1) Il est impossible de rendre par une onomatopée française
le sens imitatif de l'italien — *Rodendo intorno*, onde 'l tuo nome
prendi. »

TABLE DES MATIÈRES

Les auteurs étant classés dans chaque langue, par ordre alphabétique, nous ne reproduisons pas ici leurs noms.

Achevé d'imprimer
chez Madame veuve Remondet-Aubin à Aix,
le Lundi Saint de l'année 1875,
jour anniversaire de la première entrevue
de Laure et de Pétrarque.

ERRATA

—

Pag. 11, ligne 3, *lisez:* A *résonné.*

12	17	—	Nos *terrestres* désirs...
14	3	—	Avalanche *des flots*...
15	8	—	... *ton* amour *m'inspire* et me conduit.
15	12	—	... tes écrits *tant vantés s'oubliront*.
19	3	—	Pièce couronnée au concours séculaire.
21	5	—	De *féroces nains*...
28	21	—	Il *put* sauver...
39	2	—	... *si* rato — Più non *dimanderei*...
42	5	—	*L'amour, la poésie et la fidélité?*
42	11	—	Pièce couronnée au concours séculaire.
49	24	—	Permets-moi d'*évoquer*...
52	14	—	Di gloria *circondato*...
52	23	—	... qual *ei si* trova.
64	17	—	De *quella* Dea...

PUBLICATIONS DE LA MAISON V. REMONDET

AU SONNET & A PÉTRARQUE

———

ALMANACH DU SONNET. Sonnets inédits publiés avec le concours de cent cinquante collaborateurs. Première année, 1874. Un vol. in-16 de vj-200 pages. *Presque épuisé.* Prix : 4 fr. Sur papier fort, 50 ex. numérotés, 8 fr.

— Deuxième année, 1875. Un vol. elzévirien in-18 d'env. 200 pages. Prix : 3 fr. ; papier teinté, 80 ex. numérotés, 6 fr.

VINT SOUNET PROUVENÇAU tira de l'*Almanach du Sonnet*, em' uno letro-prefaci de F. Vidal, 1874. Plaquette elzévirienne in-18 de 32 pages, papier de hollande, 83 ex. numérotés. Il reste les n° 77, 78 et 79 ; prix : 10 fr.

SOUNET, SOUNETO E SOUNAIO de J.-B. Gaut, em' uno Sounadisso de F. Mistral, 1874. Un vol. elzévirien in-12 de 128 pages. Prix : 2 fr. ; pap. de hollande, 4 fr.

LEI MILO E UN SOUNET — Anthologie du Sonnet provençal — en préparation.

VAUCLUSE, SONNETS INÉDITS recueillis par G. Hipp. Plaquette elzévirienne in-18. 1874. *Épuisée.*

FÊTE SÉCULAIRE ET INTERNATIONALE DE PÉTRARQUE CÉLÉBRÉE EN PROVENCE, Procès-verbaux et vers inédits ; 1875. Un vol. elzévirien in-8 de vij-214 pages. Prix : 5 fr. ; papier de hollande, 90 ex. numérotés avec portraits, 10 fr.

FÊTES PÉTRARQUESQUES D'ITALIE (Extr. de l'ouvrage précédent). Plaquette elzévirienne in-8 de 8 pages. Prix : 60 cent.

BIBLIOGRAPHIE DU CENTENAIRE (Ext. du même ouvrage). Plaquette elzévirienne in-8 de 8 pages. Prix : 60 cent.

A PÉTRARQUE, poésies inédites de cent auteurs contemporains, français, italiens, provençaux, etc. (Extr. du même ouvrage). Plaquette elzévirienne in-8 de 81 pages. 100 ex. numérotés. Prix : 2 fr. 50 cent.

— Édition in-4, augmentée. En vente 6 ex. numérotés sur papier de hollande. Prix : 10 fr.

A PÉTRARCO, quàuquei rimo inedicho mandado au centenari cinquen. (Extr. du même ouvrage, avec addition). Plaquette elzévirienne in-8 de 15 pages, 50 ex. numérotés. Prix : 1 fr.

LOU MIE-MILENARI DE PETRARCO, terço rimo, pèr F. Vidal. In-8 de 16 pages. *Épuisé.*

VIE DE PÉTRARQUE, traduite de l'italien par Gertens. Broch. in-8 de 16 pages. Prix : 50 cent.